Christoph-Maria Liegener

Der heilige Dismas

Roman

Verlag:
BoD · Books on Demand GmbH,
In de Tarpen 42, 22848 Norderstedt, bod@bod.de
Druck:
Libri Plureos GmbH, Friedensallee 273,
22763 Hamburg
Cover-Bild: Shutterstock – Die Kreuzigung von
Albrecht Dürer

ISBN:
978-3-8370-8781-9

Inhalt

FSC
www.fsc.org
MIX
Papier aus ver-
antwortungsvollen
Quellen
Paper from
responsible sources
FSC® C105338

Vorwort

Der Überlieferung nach ist Dismas der Name des Verbrechers, der mit Jesus gekreuzigt wurde, aber in der Stunde seines Todes Reue zeigte und Jesus als Gottes Sohn anerkannte. Er wurde von Jesus selbst heiliggesprochen. Damit ist er der einzige Mensch, dem so etwas zuteilwurde. Über sein Leben ist nichts weiter bekannt, daher konnte es hier frei erzählt werden. Dies ist also seine Geschichte, wie ich sie mir vorstelle.

Christoph-Maria Liegener

Das Familienleben

Die Geburt des heiligen Dismas war langwierig und schmerzhaft. Seine Mutter schrie laut bei den Wehen. In der Zeit dazwischen jammerte sie leise. Wenn der neue Erdenbürger das hätte bewusst miterleben können, hätte es ihm sicher leidgetan und er hätte sich vielleicht überlegt, ob er wirklich auf diese Welt kommen wollte. Auf jeden Fall hätte er bereut, seiner Mutter solche Qualen bereitet zu haben. Nun hat er es nicht bewusst miterlebt, aber wer weiß, vielleicht haben seine Eltern ihm später vom Martyrium seiner Mutter erzählt und er hat dann noch Reue empfunden.

Jedenfalls war er nun endlich da, gesund und munter. Er wuchs wohlbehütet bei seinen Eltern auf.

Nach drei Jahren lernte er, auf sein Töpfchen zu gehen. Dieser Prozess gestaltete sich langwierig und immer wieder geschah es, dass er noch in die Windeln machte. Dann wurde er geschimpft und lernte spätestens jetzt erstmals, Reue zu empfinden.

Er hatte etwas falsch gemacht und bereute es. Das sollte ihm noch oft in seinem Leben so gehen.

Und selbst nachdem er schon trocken geworden war, bekam er noch einmal einen Rückfall, als seine Schwester Esther geboren wurde. Er war nun nicht mehr die Hauptperson in der Familie, bekam nur noch die gewünschte Aufmerksamkeit, wenn er einnässte. Allerdings bekam er dann auch Ärger, woraufhin er wiederum bereute. Das ging eine ganze Weile so. Die Reue wurde zu seinem Lebensmotto.

Die Eifersucht auf seine Schwester blieb noch ein paar Jahre.

„Hör auf zu flennen, du Heulsuse!", fuhr der zwölfjährige Dismas seine Schwester Esther an. Wieder einmal hatte er seine jüngere Schwester geärgert, wie er es oft tat, und sie hatte zu weinen begonnen. Jungen in seinem Alter verhalten sich oft so, obwohl sie es gar nicht böse meinen. Normalerweise gehen sie danach einfach wieder zur Tagesordnung über, aber diesmal hatte Dismas es übertrieben und Esther hörte nicht auf zu weinen. Die Eltern wurden aufmerksam. Sie kamen herbei und erkundigten sich nach dem Grund für Esthers Weinen. Er hatte ihre sorgfältig gekämmten Haare durcheinander gewuselt.

Da nahmen sie sich Dismas vor und tadelten nicht nur sein heutiges Verhalten, sondern ganz allgemein seine Haltung zu seiner Schwester:

„Du weißt doch wohl, dass es in der Tora heißt: ‚Du sollst deinen Nächsten lieben wie dich selbst!' Hab etwas Mitgefühl mit deiner Schwester! Unter Geschwistern liebt man sich. Geh in dich und bereue!"

Dismas bekam ein schlechtes Gewissen und bereute tatsächlich. Vor der Religion seiner Vorväter hatte er großen Respekt. Er wollte ein guter Jude sein. In Zukunft gab er sich Mühe. Wenn er je wieder unwirsch zu seiner Schwester war, entschuldigte er sich sofort und es tat ihm leid. Er besserte sich und entwickelte sich zu einem guten Bruder.

Auch an anderer Stelle musste er noch lernen, was Recht und Unrecht war. Mit seinen Freunden durchstreifte er tagsüber die judäischen Berge. Sie fanden immer etwas, um sich zu amüsieren. Einen Felsen zum Besteigen, eine Schlucht zum Überqueren oder eine Wasserstelle zum Baden. Zuweilen stahlen sie sogar die Früchte der Felder. So etwas war natürlich verboten, aber das war ihnen nicht klar, bis sie eines Tages beim Orangendiebstahl von einem Landwirt erwischt wurden.

„Was tut ihr da? Weg von meinen Orangen!", schrie er.

„Aber wir sind doch gar nicht an Ihren Orangen gewesen", gab Dismas' Freund Gestas frech zurück. „Wir essen nur unsere eigenen mitgebrachten Orangen."

„Nein, das sind meine Orangen. Ich bin doch nicht dumm!"

„Woher wollen Sie das wissen? Haben Sie Ihre gezählt?"

Da reichte es dem Landwirt. Wütend schimpfte er:

„Ihr frechen Lümmel! Na wartet! Wenn ich euch erwische!"

Aber da waren Dismas, Gestas und ihre Freunde schon weggerannt.

Sie klauten noch viel, ohne erwischt zu werden. Aber einmal, als sie sich an Weintrauben vergriffen, wurden sie vom Weinbauern ertappt.

Dieser machte ihnen klar, dass Diebstahl ein Verbrechen war, für das man bestraft werden konnte. Er bot ihnen an, sie laufenzulassen, wenn sie in Zukunft nicht mehr stehlen würden. Sie versprachen es und Dismas fühlte wieder einmal Reue für ein Vergehen, dessen er sich nicht bewusst gewesen war. In Zukunft beteiligte er sich nicht mehr am Nahrungsraub.

Mit den Jahren begann langsam sein Interesse an jungen Frauen zu erwachen. Auch hier musste er lernen, dass nicht alles erlaubt war, was ihm Spaß machte. Bei einer Wanderung kamen Gestas und er an eine Wasserstelle am Jordan, wo junge Frauen badeten. Gestas zeigte ihm, wie sie sich ungesehen anschleichen konnten, um die Frauen zu beobachten.

Aber es gab Wächterinnen und sie wurden mit viel Geschrei vertrieben. Dismas war die Sache furchtbar peinlich und er tauchte wieder in jenes Gefühl der Reue ein, das er nun schon zur Genüge kannte. Er schwor sich, zukünftig die Privatsphäre der Frauen zu achten, was ihn jedoch nicht daran hinderte, eines Tages eine respektvolle Annäherung zu wagen.

„Guten Abend, Rachel", grüßte Dismas höflich, als er an den Dorfbrunnen trat. Er kannte Rachel schon lange.

„Guten Abend, Dismas", erwiderte Rachel seinen Gruß.

„Darf ich dir deinen Wasserkrug nach Hause tragen?", fragte Dismas.

Das hatte er bisher noch nie getan. Rachel war überrascht, aber erfreut.

„Danke, gern", antwortete sie.

Gemeinsam gingen sie zu Rachels Hütte. Dort setzten sie sich noch einen Augenblick auf die Bank vor der Hütte und genossen die Abenddämmerung.

Schließlich nahm Dismas all seinen Mut zusammen und sagte:

„Ich mag dich, Rachel."

„Ich dich auch", gab Rachel zurück. Dabei lächelte sie.

„Ich würde sogar sagen, dass ich dich liebe", stammelte Dismas.

Auch Rachel hegte insgeheim Gefühle für Dismas und hauchte:

„Ich dich auch."

Sie waren einfache Leute und kommunizierten direkt und geradeheraus. Aus Dismas brach es hervor:

„Willst du mich heiraten?"

Rachels Antwort war ebenso schlicht:

„Ja."

Jetzt traute sich Dismas, seinen Arm um ihre Schultern zulegen. Sie sträubte sich nicht. Die Grillen zirpten und die Luft war lau. Dismas zog sie zaghaft näher zu sich heran und fragte:

„Darf ich dich küssen?"

Abermals antwortete sie:

„Ja."

Er küsste sie vorsichtig, ganz vorsichtig. Die Vorsicht erwies sich als überflüssig. Sie küsste ihn heftig zurück. Sie liebkosten sich noch eine Weile, bis sie sich verabschiedeten, um ihren Eltern von ihrer Liebe zu erzählen.

So frisch ihre Liebe war, so schnell geriet sie in Gefahr. Dismas war zwar kein Adonis, aber immerhin ein ansehnlicher junger Mann. Jetzt, da er im Liebesleben aktiv geworden war, interessierte sich auch eine andere junge Frau für ihn. Sie hieß Ruth und war durchaus attraktiv. Eines Tages passte sie ihn auf dem Weg ab und sprach ihn an:

„Hallo Dismas, wie geht's dir denn so? Ich habe gehört, du wandelst auf Freiersfüßen. Bist du zufrieden mit deiner Wahl?"

Dabei strich sie ihm zärtlich über den Arm.

„Ja, ich werde Rachel heiraten", antwortete Dismas, der wohl spürte, worauf Ruth hinauswollte. Er machte, dass er weiterkam.

Nun war es indes so, dass Rachel die kleine Szene aus der Ferne beobachtet hatte und Dismas später zur Rede stellte:

„Was hat Ruth von dir gewollt? Warum hat sie dich gestreichelt?"

Dismas erklärte ihr, was vorgefallen war.

Ganz zufrieden war Rachel noch nicht:

„Hat es dir gefallen, dass sie dich gestreichelt hat?"

Was sollte Dismas jetzt darauf sagen? Ruth war ihm sympathisch und es war ihm durchaus auch angenehm, von ihr gestreichelt zu werden. Das hatte ja noch nichts mit Untreue zu tun. Trotzdem vermutete er, dass Rachel das nicht hören wollte. So brummte er:

„Eigentlich nicht."

Das war eindeutig gelogen. Man könnte sagen: eine Notlüge. Aber schon im gleichen Moment bereute er diese Sünde.

Andererseits war Rachel nun zufrieden und sie konnten entspannt ihrer Hochzeit entgegensehen.

So gestaltete sich ihre Liebe einfach. Ihre Eltern freuten sich für sie und nach einer angemessenen Frist heirateten sie. Es gab nur eine kleine Feier; denn ihre Familien waren beide arm.

Es dauerte dann noch neun Monate, bis ihr erstes Kind, ein Sohn, geboren wurde. Die Schwangerschaft war beschwerlich und Rachels Bauch schwoll gewaltig an. Sie fragte Dismas:

„Ist mein Bauch sehr dick geworden?"

Dismas beeilte sich, ihr zu versichern:

„Nein, dein Bäuchlein ist kaum zu sehen."

Das war nun auch wieder gelogen und Dismas bereute es sofort.

Wie Dismas' Mutter musste auch Rachel bei der Geburt sehr leiden und Dismas, der ja nicht ganz unschuldig an ihrer Situation war, bereute wieder einmal etwas.

Sie nannten ihren Sohn Raphael. Rachel sorgte zu Hause für ihn, während Dismas sich als Tagelöhner verdingte. Er wanderte morgens in die nahegelegene Stadt Jerusalem, um zu arbeiten, und kehrte abends müde zurück.

Bald schon hatte Dismas seine Reue überwunden und kam Rachel wieder körperlich nahe. Sie bekamen ihren zweiten Sohn, den sie Jakob nannten. Dismas bereute erneut. Nicht nur weil Rachel wieder leiden musste, sondern auch, weil ihr Leben jetzt schwerer wurde. Es war sehr hart, die Familie mit zwei Kindern zu ernähren, da sie mit dem kargen Lohn eines Tagelöhners auskommen mussten, aber sie bekamen es hin.

Die Zeiten wurden nicht besser, als bald darauf Dismas' Eltern kurz nacheinander starben. Wieder einmal packte Dismas die Reue: Hatte er sich genug um sie gekümmert? Hatte er ihre Liebe angemessen erwidert? Kein Kind kann das, was die Eltern für es tun, angemessen vergelten. Die Elternliebe ist einzigartig. Das spürte Dismas jetzt und es schien ihm, dass er es zu spät spürte. Das war ein Grund für die Reue, die er verspürte. Er nahm sich vor, ab jetzt ein vorbildliches Leben zu führen.

Um Abschied zu nehmen, ging er in die Landschaft und versenkte sich in die Gedanken an seine Eltern. Würde er sie im Jenseits wiedersehen? Die Pharisäer predigten die Auferstehung der Toten und auch in den alten Schriften finden sich Andeutungen darüber. Dismas glaubte diese Lehren. Er versuchte, mit seinen Eltern im Jenseits gedanklichen Kontakt aufzunehmen, indem er sich platt auf die Erde warf und sich ganz auf sie konzentrierte. So blieb er lange liegen, bis er das Gefühl hatte, sie zu spüren. Ihre Liebe überflutete ihn und gab ihm Kraft. Das war zumindest das, was er empfand. Gestärkt kehrte er nach Hause zurück.

Es kam noch schlimmer. Rachel erkrankte an einem Fieber. Dismas blieb zu Hause, um sie zu pflegen und für die Kinder zu sorgen. Nun fehlte das Geld, das er verdient hatte. Auch gesundheitlich ging es bergab. Rachel litt sehr. Sie glühte förmlich und das Fieber ließ sich nicht senken. Dismas konnte es kaum mitansehen. Wenn er doch Ihre Schmerzen für sie übernehmen könnte! Aber das ging nicht.

Er aß nicht mehr, aber auch so gab es kaum genug für Rachel und die Kinder. Obwohl er wusste, dass es sinnlos war, machte er sich Vorwürfe, dass es ihm vergleichsweise gut ginge und seiner Frau so schlecht. Das einzige Gefühl, das ihm dafür zur Verfügung stand, war Reue. Er teilte sein Gefühl Rachel mit. Diese beruhigte ihn:

„Du hast keinen Grund, irgendetwas zu bereuen. Du hast nichts Falsches getan. Im Gegenteil, du opferst dich für uns auf. Ohne dich wären wir verloren. Schone deine Kräfte und sei weiter für uns da!"

Dismas hörte auf sie und konzentrierte sich auf seine Aufgaben. Viel mehr konnte er nicht tun. Bald darauf starb Rachel. Nun musste Dismas allein für seine Kinder sorgen.

Der Räuber

Es war immer wieder dasselbe: Dismas hörte seinen jüngsten Sohn schreien. Der Kleine hatte Hunger und im ganzen Haus gab es nichts zu essen für ihn. Der ältere Bruder hatte auch Hunger, aber er hielt es tapfer aus, ohne sich zu beklagen. Seit seine Frau gestorben war, konnte Dismas seine Kinder und sich nicht mehr ausreichend ernähren.

Er tat, was er konnte, um das Kind zu beruhigen. Dann ging er zu seinem Freund Gestas und klagte:

„So geht es nicht weiter. Die Kinder verhungern mir. Was soll ich nur tun?"

Gestas ging es auch nicht viel besser. Er war selbst arm und konnte Dismas nicht aushelfen. So dachte er eine Weile nach und rückte dann mit folgendem Vorschlag heraus:

„Mir fällt nur eine Möglichkeit ein: Wir müssen das Geld stehlen. Wir überfallen Reisende und rauben sie aus. So kommen wir zu Geld. Auf der Straße nach Jerusalem reisen so viele Leute, da sind immer ein paar Reiche dabei. Wir kennen die Gegend und können immer wieder einen neuen geeigneten Ort für einen Überfall finden.“

Der Vorschlag gefiel Dismas überhaupt nicht. Er wandte ein:

„In den zehn Geboten steht: Du sollst nicht stehlen.“

Gestas wischte das beiseite:

„Wir brauchen beide das Geld zum Überleben. Geld ist nur etwas Materielles, das muss für das Überleben von Menschen geopfert werden. In dem Fall ist es gerechtfertigt, es sich zu nehmen.“

Dismas wandte ein:

„Die Beraubten brauchen es vielleicht auch für ihre Familien.“

Darauf Gestas:

„Ach was! Wer nach Jerusalem reist, hat genug Geld. Außerdem können wir ihnen ja einen Teil des Geldes für das Notwendigste lassen.“

Das hörte sich besser an. Eine Art Zwangssolidarität der Reichen mit den Bedürftigen? Das könnte man vielleicht rechtfertigen, wenn es ums Überleben ging. Dagegen konnte Dismas nun nichts mehr einwenden. Außerdem stand ihm ja wirklich das Wasser bis zum Hals. Wenn es nur um ihn gegangen wäre, hätte er es vorgezogen zu verhungern, ehe er anderen Menschen Schaden zufügte. Hier aber ging es um seine Kinder, die er über alles liebte. Da tat er alles. Das setzte seine moralische Integrität außer Kraft. So stimmte er schließlich dem Vorschlag Gestas' zu.

Gestas, der öfter zwielichtige Geschäfte abwickelte, besaß zwei Schwerter. Davon stellte er Dismas eins zur Verfügung. Dann suchten sie sich einen wenig bevölkerten Abschnitt der Straße nach Jerusalem aus und lauerten auf ein geeignetes Opfer.

Sie hatten sich hinter einem Gebüsch versteckt und beobachteten die Reisenden. Schließlich ergab sich eine Gelegenheit: ein einzelner alter Mann mit einem Lastenesel, vor dem und hinter dem keine anderen Personen zu sehen waren.

Sie warteten, bis er nahe an ihrem Gebüsch war und sprangen dann mit gezückten Schwertern hervor. Der alte Mann erschrak und begann zu zittern.

Gestas rief:

„Gib uns dein Geld, dann lassen wir dich am Leben!"

Der alte Mann gab ihnen sein Geld. Es war nicht sehr viel. Dismas hätte es ihm am liebsten gelassen, doch Gestas wollte es ihm nehmen. Dismas bestand darauf, dass sie ihm wenigsten die Hälfte ließen. So konnte er sich selbst einreden, dass sie nur mit im teilten. Zähneknirschend willigte Gestas ein.

Sie hatten sich schon umgedreht und wollten gehen, da kehrte Gestas plötzlich um, schlug dem Mann den Kopf ab und nahm das restliche Geld an sich.

„Jetzt braucht er es nicht mehr", lachte er dabei.

Dismas war entsetzt, konnte aber nichts mehr tun. Der Mord war geschehen. Er drohte Gestas damit, nicht mehr bei so etwas mitzumachen.

Gestas überredete ihn:

„Das tue ich nie mehr. Ich verspreche es dir und ich halte immer mein Wort. Du kennst mich doch!"

„Eben", antwortete Dismas. „Ich kenne dich. Sehr zuverlässig bist du nicht gerade."

Es kostete Gestas noch einige Überredungskunst, dann hatte er Dismas beruhigt.

Für eine Weile verhielten sie sich still, dann drückten die Geldsorgen aufs Neue und sie machten weiter. Tatsächlich töteten sie jedoch nie wieder ein Opfer. Außerdem wollte Dismas, dass sie den Beraubten stets die die Wahl lassen sollten, mit ihnen zu teilen. Ob das funktionieren würde, musste sich erst noch zeigen.

Beim nächsten Überfall fragten sie die Opfer, ob sie freiwillig ihre Barschaft mit ihnen teilen wollen.

Es war ein Ehepaar und der Mann sagte:

„Was ist, wenn wir nicht teilen wollen?"

Dismas hub an:

"Dann werden wir euch in Frieden zie-
hen lass …“

Schon unterbrach ihn Gestas:

„Dann nehmen wir alles.“

Schon waren die Überfallenen mit dem
Teilen einverstanden.

Da hatte sich immerhin Dismas' Vorstel-
lung letztlich durchgesetzt. Trotzdem blieb
bei ihm ein Gefühl der Reue zurück und er
wollte möglichst selten auf Raubzug gehen,
eigentlich nur dann, wenn sie wieder drin-
gend Geld brauchten. Gestas allerdings
konnte kaum genug kriegen. Er war die
treibende Kraft hinter ihren Raubzügen.

Bei ihrem nächsten Opfer, einem jungen
Mann, fanden sie kein Geld, sondern nur
Schmuck. Der gehörte sicher nicht ihm.

„Woher hast du den Schmuck?“, wollte
Gestas wissen.

„Geklaut natürlich, Kollege“, antwortete
der Überfallene.

Sie waren dabei, einen Räuber zu berauben.

„Das können wir ihm nicht abnehmen", gab Dismas zu bedenken. „Wenn wir das nehmen, machen wir uns zum Komplizen seines Raubes."

„Ach was", wiegelte Gestas ab. „Da er es geraubt hat, ist es nicht seins und wir können alles nehmen."

„Aber das wäre nicht fair", wandte Dismas ein. „Unter Kollegen teilt man."

Das überzeugte Gestas und sie teilten gerecht. So bekam jeder ein Drittel der gesamten Beute, was mehr war als das Viertel, das Dismas und Gestas jeweils bekommen hätten, wenn sie sich die Hälfte geteilt hätten.

Ein anderes Mal überfielen sie zwei sonderbare alte Männer. Wie üblich sprangen sie aus ihrem Versteck hervor und riefen:

„Geld her!"

Bevor die Überfallenen ihr Geld herausrücken konnten, bat der eine von ihnen um einen Augenblick Bedenkzeit. Dann holte er seinen Geldbeutel, nahm zwanzig Denare heraus und gab sie dem anderen mit den Worten:

„Hier, die zwanzig Denare schulde ich dir noch, das möchte ich jetzt schnell erledigt haben. Später kann ich es nicht mehr. Damit sind wir quitt."

Als Dismas und Gestas das Geld der beiden eingesammelt hatten, gab Dismas zu bedenken:

„Jetzt hat der eine, der das Geld verliehen hat, es nicht wirklich zurückbekommen. Das ist nicht richtig. Wir sollten es ihm zurückgeben."

Gestas stimmte zu und sie gaben dem Gläubiger sein Geld zurück. Den Rest teilten sie wie üblich auf.

Arbeiten mussten Dismas und Gestas jetzt nicht mehr. Dismas blieb die meisten Tage bei seinen Kindern. Manchmal passte auch seine Schwester Esther auf die Kinder auf, besonders wenn er auf Raubzügen unterwegs war. Davon erzählte er ihr natürlich nichts.

Eines Tages unternahm er jedoch auch einen harmlosen Ausflug. Er ging mit Gestas nach Jerusalem, um jenen Wanderprediger zu hören, der gerade nach Jerusalem gekommen war und so viel Aufmerksamkeit erregte. Er hieß Jesus von Nazareth.

Dieser Jesus hielt sich für Gottes Sohn und heilte Kranke. Sogar einen Toten soll er wieder zum Leben erweckt haben. Er erzählte vom ewigen Leben, das jeder erringen könne, der an ihn glaubte.

Sie hörten ihm zu und sprachen dann darüber.

„Na, ich glaube nicht an ihn", spöttelte Gestas.

Dismas aber, den Jesus überzeugt hatte, erklärte:

„Ich glaube an ihn. Was er sagt, hat Hand und Fuß. Er ist nicht so verbohrt wie die etablierten Schriftgelehrten, die er kritisiert. Außerdem spricht er aus Überzeugung. Das merkt man. Es ist alles aufrichtig gemeint. Der Mann hat direkt zu meiner Seele gesprochen."

„Ich glaube trotzdem nicht an ihn", beharrte Gestas.

„Aber du willst doch wohl auch, dass mit dem Tod nicht alles zu Ende ist, oder?"

„Da würde ich mit mir reden lassen, aber nicht so, wie dieser Jesus es verspricht. Du hast doch gehört, was er den Sadduzäern geantwortet hat, als die ihn gefragt hatten, was mit einer Frau geschieht, die mehrmals verwitwet war und jedes Mal wieder geheiratet hat. Mit wem ist sie nach ihrem Tod verheiratet?

Was hat Jesus geantwortet? Zunächst hat er ihnen vorgeworfen, dass sie die Schrift nicht kennen würden. Das war ein haltloser Vorwurf und nur ein Ablenkungsmanöver, wie es diejenigen verwenden, die von einer Frage überfordert sind. Dann hat er doch noch eine Art Antwort präsentiert: ‚In der Auferstehung werden sie weder heiraten noch sich heiraten lassen, sondern sie sind wie die Engel im Himmel.' Und schließlich hat er mit einem Zitat aus dem zweiten Buch Mose geendet, das Gott pries, aber nichts mit der ursprünglichen Frage zu tun hatte. Seine eigentliche Antwort, so kurz sie war, ist für mich völlig unbefriedigend: Keine Heirat wie die Engel?! Für mich heißt das: Man ist asexuell! Soll das bedeuten: Man hat auf ewig keinen Sex mehr? Und wir sprechen hier wirklich von der Ewigkeit. Das ist ziemlich lange. Also, wenn das so ist, dann habe ich kein Interesse. Nein, danke."

„Besser, als für immer tot zu sein, ist es schon. Außerdem weißt du ja nicht, wie es genau sein wird. Wie die Engel im Himmel heißt ja, dass wir nicht mehr in unseren Körpern sein werden. Wir werden geistige Wesen sein. Da entfallen die fleischlichen Gelüste. Es existiert kein Sex mehr, aber auch keine Lust auf Sex."

„Genaueres weißt du aber auch nicht!"

„Stimmt, aber ich glaube, dass alles gut wird. Da vertraue ich auf Jesus."

„Und ich traue ihm nicht."

Sie blieben in dem Punkt uneins und kehrten schweigend nach Hause zurück.

Sie hatten nun schon mehrere Jahre mit ihrer Wegelagerei weitergemacht und wurden leichtsinnig. So konnte es nicht ausbleiben, dass sie eines Tages an die Falschen gerieten. Es waren zwei ausgediente römische Soldaten in Zivilkleidung, die jedoch ihre Schwerter unter ihren Mänteln trugen. Als Gestas und Dismas aus ihrem Versteck hervorsprangen und sie mit ihren Waffen bedrohten, zogen sie ihre Schwerter und nahmen Kampfposition ein.

Dismas erstarrte vor Schreck. Gestas jedoch ließ sich nicht beeindrucken, sei es, weil er furchtbar mutig oder sogar leichtsinnig war, sei es, weil er die Gefahr nicht erkannte. Er griff an und schlug mit voller Wucht in Richtung des Kopfes des einen Soldaten. Dieser parierte den Hieb mit einer Quint und antwortete sofort mit einem Quart-Hieb, der Gestas in den linken Oberschenkel traf. Jammernd brach Gestas zusammen. Dismas, der immer noch reglos dastand, erkannte, dass sie keine Chance hatten. Sie hatten bei ihren vorigen Überfällen nur drohend mit ihren Schwertern herumfuchteln müssen und hatten schon damit ihre Opfer beeindruckt. Jetzt aber sollten sie tatsächlich kämpfen und das noch gegen zwei ausgebildete Soldaten, die zwar alt, aber erfahren waren. Das hätte keinen Sinn gehabt. Weglaufen wollte Dismas auch nicht. Dann hätte er Gestas im Stich gelassen und das wollte er auf keinen Fall. So warf er sein Schwert weg und ergab sich. Gestas, der verwundet am Boden lag, wurde ebenfalls entwaffnet.

Die ehemaligen Soldaten waren diszipliniert genug, sie nicht sofort zu töten, sondern den Behörden zu übergeben.

Die römischen Beamten untersuchten den Fall und folterten die Delinquenten, bis sie alles gestanden. Dann listeten sie die Überfälle auf und werteten insbesondere die Tötung des ersten Opfers als Raubmord. Dismas gab diesen Mord zu, beteuerte aber, dass nicht er, sondern Gestas ihn ausgeführt hatte, was den Tatsachen entsprach. Gestas kehrte die Rollen um und schob Dismas den Mord in die Schuhe. Die Römer machten sich nicht die Mühe, diesen Widerspruch aufzuklären und verurteilte beide zum Tod am Kreuz. Da galt einfach: mitgefangen, mitgehangen.

Das Urteil wurde nicht sofort vollstreckt, weil ein weiterer Delinquent am nächsten Tag vor Gericht gestellt und gegebenenfalls mit ihnen zusammen hingerichtet werden sollte. Es handelte sich um jenen Jesus von Nazareth, dessen Name derzeit in aller Munde war, und alle gingen davon aus, dass auch er gekreuzigt werden würde.

Dismas wusste nun, dass er sterben würde, und das auf eine besonders grausame Art. Es war das Normalste von der Welt, in dieser Situation Angst zu haben. Zunächst dachte er an seine Eltern. Das tröstete ihn ein wenig und er schöpfte Kraft aus diesen Gedanken.

Dann betete er zu Gott. Das tat er nicht oft, außer in der Synagoge. In diesem Fall gestaltete es sich so, dass er in Gedanken Gott anrief und dann seine Gedanken laufen ließ. Seine Gedanken trugen ihn zu jenem Jesus, der wahrscheinlich mit ihm ge-

kreuzigt werden würde und der sich für
Gottes Sohn hielt. Was, wenn er wirklich
Gottes Sohn war? Was, wenn er sich wirklich für die Menschen opferte? Er hatte Jesus gehört und gesehen. Dieser Mann war
so überzeugend gewesen, dass er ihm
glauben wollte. Er hatte gehört, dass nach
den Prophezeiungen der Schrift der Messias sterben und wieder auferstehen würde.
Es wäre ein Opfertod für die Sünden der
Menschheit. Wenn nun tatsächlich Jesus
der Messias war, würde er, Dismas, beim
größten Wunder Gottes dabei sein.

Je länger er darüber nachdachte, desto
sicherer war er sich, dass er an Jesus glaubte. Warum hatte Gott seinen Sohn gerade
jetzt auf die Erde geschickt? Die Zeit war
reif. Die Pharisäer hatten den Boden dafür
bereitet. Jesus griff sie zwar in seinen Predigten an, aber nur, weil er sich mit ihnen
besonders auseinandersetzte.

Offenbar war die Zeit, in der er lebte, eine besondere Zeit in der Menschheitsge-
schichte. Und er durfte an diesem Ereignis,
da sich die Prophezeiungen erfüllen würden, teilnehmen. Er wäre vollkommen zu-

frieden gewesen, wäre da nicht die Sorge um seine Kinder. Vielleicht würde sich ja Gottes Gnade auch auf sie erstrecken …

Wenn nun aber Jesus für die Menschheit und damit auch für ihn sterben würde, konnte er doch nicht einfach weiterleben. Er müsste freiwillig auch sterben. Selbstmord kam nicht infrage, das war von der Religion verboten. Aber wenn sie ihn kreuzigten, löste sich das Problem von selbst. Mehr noch: Es war eine große Gnade, dass er mit Jesus gemeinsam sterben durfte. Durch seinen Opfertod nahm Jesus die Sünden der Welt hinweg und Dismas, würde nicht mehr sündigen können, da er am Kreuz hängen würde. Er würde sündenfrei sterben. Und wie er sterben würde: mit Jesus! Seine Geschichte würde mit der Geschichte der Welt verbunden sein.

Er wurde nun ganz ruhig und es schien fast, als freue er sich auf den morgigen Tag.

Die Kreuzigung

Am nächsten Tag, dem Freitag vor Pessach, leitete Pontius Pilatus, der Präfekt in Judäa war, die Verhandlung, da der Prozess auf großes öffentliches Interesse stieß.

Es kam, wie es erwartet wurde. Pilatus verurteilte Jesus zum Tod am Kreuz, weil er sich als „König der Juden" bezeichnet haben sollte und das auch im Verhör bestätigte, was als Aufruf zum Widerstand gegen die Römer gewertet wurde.

Nun ging es zur Vollstreckung des Urteils. Longinus, ein Centurio, der Anführer des Exekutionskommandos, sammelte seine Leute: vier Soldaten mit Erfahrung im Kreuzigen.

Zuerst wurden alle drei Delinquenten, Jesus, Dismas und Gestas, ausgepeitscht, wobei Jesus besonders grausam behandelt wurde. Ihn traf der Spott der Soldaten. Zuerst misshandelten sie ihn, dann brachten sie ihn ins Prätorium, legten ihm einen roten Mantel um, setzten ihm eine Dornenkrone auf und gaben ihm einen Rohrstock als Zepter in die Hand. Dann kam die ganze Kohorte zusammen. Die Soldaten riefen laut:

„Gegrüßet seist du, König der Juden!“

Dann schlugen und bespuckten sie ihn. Außerdem fertigten sie eine Holztafel an, auf die sie INRI schrieben, als Abkürzung für „Iesus Nazarenus Rex Iudaeorum“, Jesus von Nazareth, König der Juden. Das Schild hängten sie ihm um, später sollte es über seinem Kopf an sein Kreuz genagelt werden.

Longinus fand, dass die besonders grausame Behandlung Jesu übertrieben war. Sie hatten ihn ja jetzt schon fast getötet. Aber er hielt sich an die Regeln und ließ seinen Männern ihren Spaß.

Dann wurde Jesus der Mantel wieder abgenommen und alle drei Delinquenten mussten die Querbalken ihrer Kreuze zur Hinrichtungsstelle auf dem Berg Golgatha tragen.

Jesus, der geschwächt war, brach dreimal unter der Last zusammen. Beim dritten

Mal fing ein Mann, der am Wegesrand stand, ihn auf. Das war gefährlich für den Mann. Wer Mitleid mit den Verurteilten zeigte, konnte schnell selbst am Kreuz landen. Der Mann, Simon von Kyrene, hatte intuitiv gehandelt, ohne nachzudenken. Er hatte Jesus schon öfter reden gehört und bewunderte ihn.

Jetzt aber hatte er sich selbst in Gefahr gebracht. Die Römer packten ihn und zwangen ihn, den Querbalken für den Rest des Weges zu tragen, da Jesus offenbar nicht mehr dazu in der Lage war.

Simon übernahm den Balken von Jesus, wobei er flüsterte:

„Es ist mir eine Ehre, Herr."

Jesus versuchte trotz seiner Schmerzen zu lächeln, dankte ihm, segnete ihn und stolperte vor ihm her seinem Ziel zu, der Hinrichtungsstätte.

Als sie auf der Bergkuppe angekommen waren, ging es an die Kreuzigung. Die Querbalken wurden an den Längsbalken befestigt. Dann wurde Jesus an sein Kreuz genagelt, Dismas und Gestas wurden mit Seilen an ihre Kreuze gebunden.

Das Festnageln war äußerst schmerzhaft. Der gequälte Jesus rief aus:

„Vater, vergib ihnen; denn sie wissen nicht, was sie tun."

Die vier Legionäre beachteten ihn nicht und würfelten als Nächstes um seine Kleider, wodurch sie eine Prophezeiung Davids in der Tora erfüllten.

Dann wurden die drei Kreuze nebeneinander aufgerichtet, Jesus in der Mitte, Dismas zur Rechten und Gestas zu Linken.

Es war nun gegen Mittag. Die drei Verurteilten hingen am Kreuz. Die Schaulustigen machten sich über Jesus lustig. Manche riefen:

„Du wolltest den Tempel einreißen und in drei Tagen wieder aufbauen. Warum hilfst du dir nicht selbst und steigst herab vom Kreuz?"

Andere sprachen:

„Anderen hat er geholfen und kann sich selbst nicht helfen. Steig herab vom Kreuz, damit wir sehen und glauben!"

Selbst in dieser Situation war Gestas noch zur Schadenfreude fähig. Auch er sprach Jesus an:

„Wenn du wirklich der Sohn Gottes bist, so rette dich doch selbst und, wenn du schon dabei bist, so rette auch uns!"

Da wies Dismas ihn zurecht:

„Fürchtest du nicht einmal jetzt Gott, da du zum Sterben hier hängst und Gottes Sohn neben dir? Wir sind mit Recht dem Tod geweiht; denn wir haben gesündigt, Jesus aber hat nichts Unrechtes getan."

Während er so sprach, wurde er von einer Welle der Reue überflutet, einer Reue für all das, was er in seinem Leben falsch gemacht und bereut hatte. Ja, er hatte gesündigt, bereute jetzt alles und glaubte, den Tod zu verdienen.

So rief er mit voller Überzeugung:

„Ich habe gesündigt und bereue es! Ich verdiene den Tod."

Gestas beschwichtigte ihn:

„Mach dir nicht zu viele Vorwürfe! Wir alle haben den Tod nicht verdient. Bedenke außerdem: Dieser Jesus ist nicht Gottes Sohn, sonst würde er sich retten und nicht mit uns sterben."

Dismas jedoch glaubte an Jesu wahre Natur und behauptete:

„Doch, dieser ist Gottes Sohn und selbst wenn er hier mit uns stirbt, wird er weiterleben. Er kann uns vor der wahren Verdamnis retten."

Und, an Jesus gewandt, fuhr er fort:

„Jesus, du hast die Macht, mir zu helfen Ich hinterlasse zwei Kinder. Kannst du sie retten. Wenn ich sterbe, werden sie Waisen sein."

Jesus gab zurück:

„Ich werde dir helfen."

Dann sprach er mit Maria Magdalena, die unter seinem Kreuz stand, und bat sie, sich um Dismas' Kinder zu kümmern. Sie versprach es. Sie kannte ein kinderloses Ehepaar, das sich sehnlichst Kinder wünschte, aber keine bekommen konnte. Denen würde sie Dismas' Söhne vermitteln.

Dismas bedankte sich bei Jesus:

„Herr, hab vielen Dank! Bitte denke an mich, wenn du in dein Reich kommst!"

Jesus antwortete ihm:

„Wahrlich, ich sage dir: Heute noch wirst du mit mir im Paradies sein."

Dismas war nun also durch Jesu Versprechen seiner Seligkeit zu einem Heiligen geworden, er war heiliggesprochen worden – von Jesus höchstpersönlich. Das ist schon etwas! Er ist der einzige Mensch, dem so etwas zuteilwurde. Eine besondere Gnade.

Trotzdem beschleicht uns ein ungutes Gefühl: Ist das gerecht? Gut, er war kein ganz so schlimmer Schurke, wie die Anklage behauptet hatte, aber gesetzt den Fall, er wäre solch ein Schurke, wäre es dann gerecht, dass er wegen eines Sinneswandels in letzter Sekunde für seine Sünden nicht büßen müsste? Man kennt das doch von Alkoholikern und anderen Süchtigen: Sie wollen sich wirklich von ihrer Sucht lossagen und werden doch bei der ersten Gelegenheit rückfällig. Ein sentimentaler Ausbruch von Reue geht nicht immer in die Tiefe. Ein Lippenbekenntnis reicht da nicht aus. Wir Menschen können diese Dinge nicht unterscheiden.

Aber Gott kann es. Er blickt auf den Grund der Seele, erkennt die Persönlichkeit und bewertet sie. Kann es überhaupt wirklich sein, dass ein Mensch sein Leben lang ein Schurke war und im letzten Moment seines Lebens aufrichtige Reue zeigt? Theoretisch ja, aber er würde immer an der Erinnerung an seine vorangegangenen Sünden leiden, auch wenn sie ihm vergeben sind. Sie sind ein Teil von ihm. Er hat Verzeihung erlangt, aber er ist immer noch der Mensch, der er war. Wie sich das im Jenseits äußern mag, wissen wir nicht.

Bei Dismas wissen wir, dass er nicht grundsätzlich schlecht war. Die Not und die Liebe zu seinen Kindern hatte ihn zu seinen bösen Taten getrieben. Wer will das bewerten? Jesus jedenfalls hatte ihm vergeben, weil er in ihm einen wertvollen Menschen sah, der immer das Richtige tun wollte, was ihm nur aufgrund der Umstände nicht gelang. Das Schicksal mag widrig sein, aber man muss versuchen, das Bestes daraus zu machen. Das hatte er, soweit er konnte, getan. Der gute Wille zählte.

Drei Stunden hingen die Verurteilten am Kreuz, dann kam für Jesus die Zeit zu sterben. Gegen drei Uhr nachmittags rief er:

„Mein Gott, mein Gott, warum hast du mich verlassen?"

Longinus hielt ihm darauf einen in Essig getränkten Schwamm, den er auf eine Lanze spießte, an die Lippen. Das war üblich, um die Sterbenden noch eine Weile am Leben zu erhalten – zum Vergnügen der Schaulustigen. Es war zu spät. Jesus stieß hervor:

„Es ist vollbracht."

Dann schrie noch einmal auf und starb. Longinus, der die Aufgabe hatte, seinen Tod zu überprüfen, stach ihm noch mit einer Lanze in die Seite, um sicher zu sein, dass er tot war. Ja, er war tot. Die Sterbedauer von drei Stunden war relativ kurz. Der Grund war wohl tatsächlich die zu starke Misshandlung beim Auspeitschen.

Der damit einhergehende Blutverlust hatte ihn zu sehr geschwächt.

Zu diesem Zeitpunkt verdunkelte sich der Himmel, es wurde stockfinster, die Erde bebte und Felsen zerbarsten. Gleichzeitig zerriss der Vorhang im Tempel von Jerusalem. Die Dunkelheit ließ sich nicht erklären. Eine Sonnenfinsternis konnte es nicht sein, da das Pessach-Fest bei Vollmond gefeiert wurde und eine Sonnenfinsternis nur bei Neumond auftreten kann. Es musste also ein übernatürliches Ereignis gewesen sein.

Die Leute erschraken und erkannten nun, dass Jesu Tod ein weltbewegendes Ereignis war. Longinus stammelte voller Ehrfurcht:

„Wahrlich, dieser war wirklich Gottes Sohn!"

Diese plötzliche Erkenntnis brachte ihn dazu, selbst Christ zu werden. Er predigte fortan Jesu Wort, bis er schließlich als Märtyrer für seinen neuen Glauben starb.

Die Umstehenden stimmten zu:

„Ja, es lässt sich nicht mehr leugnen: Jesus war wirklich Gottes Sohn."

Die meisten von ihnen bekannten sich nun ebenfalls zum Christentum.

Auch Dismas und Gestas bekamen jetzt den Essigschwamm angeboten und nippten daran. Schließlich murmelte Gestas:

„So eindrucksvoll diese Ereignisse sind, sie haben ihm doch nicht das Leben gerettet."

Dismas erwiderte:

„Dieser Jesus war Gottes Sohn und er wird den Tod überwinden. Er hat nur seine eigene Prophezeiung erfüllt. Er soll in Galiläa gesagt haben, dass er gekreuzigt werden wird und am dritten Tag wieder auferstehen wird."

Von dieser Prophezeiung hatte er bei einem seiner früheren Besuche in Jerusalem gehört. Es waren vage Berichte, die er aber zu glauben geneigt war.

Gestas beharrte:

„Ich habe eine solche Prophezeiung von ihm nicht gehört und ich glaube sie auch nicht, bis ich ihn wieder lebend gesehen habe."

Dismas brachte ihn auf den Boden der Tatsachen zurück:

„Du wirst keine drei Tage mehr leben, um ihn wiederzusehen."

Die römischen Soldaten wollten die Sache jetzt zum Abschluss bringen und brachen Dismas und Gestas die Beine, so dass diese sich nicht mehr an dem dafür vorgesehen Holzkeil abstützen konnten und schneller starben. Jesu Beine hatten sie nicht gebrochen Auch das war in den Psalmen Davids vorhergesagt worden.

Das schnelle Sterben funktionierte. Innerhalb einer Stunde nahte auch das Ende von Dismas und Gestas. Gestas wünschte Dismas noch eine gute Reise und Dismas erwiderte:

„Danke. Ich reise ins Paradies, und wohin reist du?"

„In den Scheol, den Ort, zu dem alle Toten gehen. Wir werden uns dort wiedersehen. Ob wir von Gott von dort weiterbefördert werden, muss sich erst noch zeigen. Aber ich habe keine Angst."

Dismas entgegnete:

„Ich weiß jetzt schon, dass ich zu Gott komme. Jesus hat es mir versprochen. Wenn ich dich dort nicht treffe, werde ich bei Gott für dich bitten. Gott ist manchmal gnädiger, als wir erwarten."

Das war gut gemeint. Tatsächlich ist Gottes Gnade unermesslich, aber auch er kann Getanes nicht ungetan machen. Der Sünder wird, wenn er denn ewiges Leben erlangen sollte, immer wissen, was er getan hat, und es wird ihn quälen. Wir wissen nicht genau, in welcher Form es uns nach dem Tod gibt, aber wir werden wohl die Erkenntnis haben, was gut und was böse in unserem Leben war. Wahrscheinlich dürften wir uns in einer zeitlosen Form wiederfinden, so dass das Schuldbewusstsein uns nicht eine quälend lange Zeitdauer begleiten wird. Unsere Schuld wird einfach eine zeitlose Tatsache sein.

Nun wurde das Sprechen für beide zu schwer und sie starben. Gestas' Gesichtszüge, bis eben noch verbissen, lockerten sich etwas.

Für Dismas war der Tod trotz der Schmerzen leicht. Er wusste durch Jesu Worte, dass er im Jenseits weiterleben würde. Auch er hatte keine Angst. Langsam spürte er, dass er zu ersticken begann. Er drohte, das Bewusstsein zu verlieren, und sträubte sich nicht dagegen. Eine große innere Ruhe überkam ihn. Jesu Worte hatten ihn gerettet, nichts Irdisches konnte ihm mehr etwas anhaben. Mit einem Lächeln schloss er die Augen.

Dismas starb in der Gewissheit, das ewige Leben erlangt zu haben.